爸爸妈妈别吵了！

[德] 马迪亚斯·耶施克 文

[德] 玛雅·波恩 图

潘斯斯 译　高渝梅 审校

上海教育出版社
SHANGHAI EDUCATIONAL
PUBLISHING HOUSE

爸爸妈妈别吵了!

BABA MAMA BIE CHAO LE

Was meine Eltern von mir lernen können

© Mathias Jeschke/Maja Bohn: Was meine Eltern von mir
lernen können. Hinstorff Verlag GmbH, Germany/Rostock, 2015
Chinese simplified translation copyright©2016 by Shanghai Educational Publishing House
ALL RIGHTS RESERVED

上海市版权局著作权合同登记号 图字09-2015-1153号

图书在版编目(CIP)数据

爸爸妈妈别吵了 / (德) 马迪亚斯·耶施克(Mathias Jeschke) 文 ; (德) 玛雅·波恩 (Maja Bohn)图 ;
潘斯斯译. 一 上海：上海教育出版社, 2016.8
(星星草绘本·心灵成长绘本)
ISBN 978-7-5444-7053-7

Ⅰ. ①爸… Ⅱ. ①马… ②玛… ③潘… Ⅲ. ①儿童文学 – 图画故事 – 德国 – 现代 Ⅳ. ①I516.85

中国版本图书馆CIP数据核字(2016)第170657号

心灵成长绘本
爸爸妈妈别吵了!

作　者	[德] 马迪亚斯·耶施克 / 文	地　址	上海市永福路123号
	[德] 玛雅·波恩 / 图	邮　编	200031
译　者	潘斯斯	发　行	上海世纪出版股份有限公司发行中心
策　划	心灵成长绘本编辑委员会	印　刷	上海中华商务联合印刷有限公司
责任编辑	王爱军	开　本	889×1194 1/16
助理编辑	钦一敏	印　张	2
美术编辑	金一哲	版　次	2016年8月第1版
出版发行	上海世纪出版股份有限公司	印　次	2016年8月第1次印刷
	上 海 教 育 出 版 社	书　号	ISBN 978-7-5444-7053-7 / I · 0065
	易文网 www.ewen.co	定　价	28.00元

这些天，爸爸妈妈心情不好。他们都让对方过得不轻松。
妈妈说："我们就是喜欢吵架！"

但是我明明能听出来，当他们吵架的时候，他们真的并不喜欢这样。

晚上，妈妈常常坐在客厅里哭。

她也常常给朋友们打电话，但是打电话的时候她总在哭。

她总是叹气："哦，天啊！""哦，生活啊！"

我醒着躺在床上的时候，总是能听见她的声音。

哦，天啊！

现在，爸爸晚上常常出去，或者待在自己的房间里。

他说："我需要安静！"

妈妈立刻回击："你喝得太多了！"

（相反，她总是说我水喝得太少了……）

我们小朋友也会吵架。
汉尼斯常常和玛蕾娜吵架。他叫她"笨山羊"，她管他叫"蠢蛋"。
迈达喜欢和瓦伦蒂娜吵架，阿米莉还经常去掺和。

我呢，差不多每天都和莫里茨吵架。
可是吵完了，我们还是好朋友。

"如果所有的时间都用来吵架，那可真是太可惜了。""五月森林"老师说。

她总是穿着印着花的裙子，她的头发闻起来香香的。

如果我们自己不能和好，就会去找她帮忙，然后每个人都告诉她发生了什么事。

最后我们会一起讨论：大家怎样更好地相处。

有一次，我和莫里茨闹别扭，有大概一个星期都在生气。

我一直在想："这个人真讨厌！"

他把我最喜欢的芭比娃娃的头发给剪短了！

现在我的芭比看起来就像刚刚掉进了蔬菜搅拌机一样！

可是后来有一天，我在超市碰见莫里茨。

当时有一位老奶奶推着助步车，撞倒了堆得高高的一堆罐头。

莫里茨不仅把老奶奶从罐头堆里解救出来，还一直陪她到收银台。

这时，我心里就想："啊！莫里茨，多好的莫里茨啊！"

而且不久之后，莫里茨送了一个崭新的芭比娃娃给我，还真诚地向我道歉。新的芭比娃娃也有一头美丽的秀发。

对不起！

还有一次，我和莫里茨一起在玩乐高积木。

他总是不断地从我眼皮底下拿走那些特别好看的积木，还声称："这些本来就是我的！"

他说得当然不对！

我们是把两个人的积木合到一块玩的，那些乐高积木里面有一半是我的才对。

我们开始大声争吵，捂上自己的耳朵，拼命朝着对方尖叫。

我们俩的声音太大了，根本听不见对方在说什么。

忽然间，我碰到了莫里茨的一只脚，于是开始挠他的脚底板。
他马上"咯咯咯"地笑了起来，也开始反过来挠我的脚底板。
我俩就这样在地板上互相挠着痒痒，笑得直不起腰来。

一天晚上，爸爸妈妈又开启了吵架模式。
我用尽全身力气喊道：

你们别吵了！
我再也受不了了！

我走出房间，大声地说：

一切都静了下来。

爸爸妈妈跟了出来。

我们三个人抱在了一起。我想我们都哭了。

过了一会儿，爸爸说："我想向你道歉。我之前一直没有考虑到你的感受。"

妈妈也对我说："我也要向你道歉。对不起，我之前只想到自己。"

我站到他们两个面前，说："如果你们愿意的话，我可以告诉你们不吵架的好办法。"

但是你们俩必须
先亲亲对方！

妈妈和爸爸都微微颤抖了一下。他们互相看了对方一眼，又都瞪大了眼睛盯着我。
过了一会儿，他们又望着彼此。
这一次，他们对视了很久很久，表情也都很严肃。

然后，就发生了这一幕。

马迪亚斯·耶施克（Mathias Jeschke）

出版社编辑、作家。1963年生于吕纳堡，现在和家人生活在斯图加特。出版了很多写给成人和孩子的诗集，以及更多的给孩子和成人阅读的绘本。其中包括：2009年与卡蒂亚·基尔曼一起在辛施多夫（Hinstorff）出版社出版的《漂流瓶》；2011年与薇布克·厄齐尔合作的《一个男人在哭》。马迪亚斯·耶施克的作品曾多次获奖，如获得德意志广播电台的"7本最佳童书奖"，入选德国慕尼黑国际青少年儿童图书馆"白乌鸦书目"。

玛雅·波恩（Maja Bohn）

1968年出生在罗斯托克。在柏林白湖艺术学院学习传播设计，2002年起成为自由插画家。她的第一本绘本《苍蝇先生的奇事》于2006年由辛施多夫（Hinstorff）出版社出版，入选德意志广播电台的"7本最佳童书奖"。另一本绘本《一个还相信白鹤传说的人》（与诗人托马斯·罗森洛赫尔合作）于2007年出版，被提名"奥尔登堡青少年儿童文学奖"，并荣获图书艺术协会颁发的2007年"最美丽的书奖"，还获得2009年"特罗斯多夫绘本奖"第二名。目前，这本书已被拍成电影。2011年，玛雅·波恩在辛施多夫出版社出版了第三本绘本《妈妈，昨天到底去了哪里？》。她现在和两个孩子生活在柏林。